물고기
한마리

국립중앙도서관 출판시도서목록(CIP)

물고기 한 마리 : 양성우 시집 / 양성우 지음. — 서
울 : 문학동네, 2003
　p. ;　　cm

ISBN　89-8281-704-2 02810 : ₩6500

811.6-KDC4
895.715-DDC21　　　　　　CIP2003000670

물고기 한 마리

양 성 우 시 집

문학동네

自序

사람 안에 '시의 샘'이 있다면, 시인이란 그곳에 고인 샘물을 길어올리는 사람이 아닐까?

그렇다면, 여기에 실린 대부분의 시편들도 내 작은 시의 샘 안에 고인 것들을 그때그때 물 긷듯이 길어올린 것들이리라.

어쩌면 아직도 흔들리는 내 삶 속에서 단 한 줄의 시를 쓰는 것마저도 쉽지 않음에도 불구하고, 내 안에 고이는 시의 샘물을 부단히 길어올리지 않으면 안 된다는 생각이 늘 나를 자극하는 지도 모르는 일이다.

그런 탓으로 나는, 비록 온갖 유혹과 절망과 숱한 우여곡절 속에서 거듭하여 상처받고 넘어지면서도 결코 시쓰기를 멈추지 못하는 것이다.

그 증표의 하나로 『첫 마음』 이후 삼 년 만에 새 시집을 묶어 내면서, 다만 내가 한평생을 꺾이지 않고 시를 쓰고 있다는 까닭 하나만으로 변함없이 나를 붙들어주고 사랑해주는 특별한 이들에게 감사의 마음을 보낸다.

2003년 7월
양성우

차례

가고 싶은 곳

내가 가고 싶은 곳은 사랑만
있는 곳.
근심걱정이 없고 슬픔도 없고
눈물 같은 것은 단 한 방울도 없는 곳.
내가 먹고 입을 것들이 조금쯤은
모자랄 만큼만 있는 그런 곳.
미움도 전혀 없고 싸움도 없는 곳.
높은 산 밑 깊은 물가에 맨살로 살지라도,
이별은 아예 없고 언제나 반가운
만남만 있는 곳.
내가 가고 싶은 곳은
손꼽아 나를 기다리는 가슴 따뜻한
사람들만 있는 곳.
내가 죽어 그곳에 하얗게 흩어져도
다시 가고 싶은 그런 곳.

을지로 뒷길

나에게는 오늘 하루가 너무나도 멀고 길다.
더욱이 풀 한 포기 나무 한 그루 없는
이곳에서는.
그래도 언제나 꿈은 크고 그리움도 새롭다.
참으로 우연히 낯익은 이들과 마주치고
또다시 무심코 헤어지는 순간까지도.
어느 누가 막다른 길에서도 돌아서지 않고
망설이는가?
다만 몸 하나로 여기저기 떠돌 때에는
가슴속의 상처들은 지워지는 것이 아니라
묻히는 것이다.
사람의 모든 시간이 물처럼 흐르지만,
그것이 어딘가에 문득 머물기만 한다면
거듭하여 쓰러진 자에게도 희망은 있다.
아무도 없이 한낮의 을지로 뒷길을 헤매는
나에게까지도.

관촌행

내 안의 아름다운 너를 보낸다.
바람도 없이 눕는 억새풀 산 너머로
너를 보낸다.
잔잔한 푸른 물을 돌고 돌아서
키 큰 소나무숲 마른 잎 쌓인
보령관촌 오솔길을 따라 너를 보낸다.
못 이룬 꿈들도 다 두고 가려느냐?
빈 들을 건너 반짝이는 물끝 너머로
내 안의 눈물겨운 한 사람
너를 보낸다.
이승의 오늘 하루 네가 가는 길
다시는 돌아오지 못하는 곳으로.

수선화

마음의 물결이 얼굴을 만드는 것인가?
티 없이 맑고 가냘픈 네 모습이 너무나도
애잔하다.
아직은 찬바람 궂은비 속에 혼자 핀
금빛 수선화.
네가 꽃으로 걷는 길 끝날까지 이 길이라면,
다시는 돌아오지 않으리라 다짐한들
그 무슨 소용이랴.
무심코 맺은 온갖 인연들이 여린 네 몸을
흔드는 것을.
네 마음의 깊은 곳 한가운데에 쉬임없이
잔물결을 이루면서.

누가 사랑 없이 살아갈 수 있을까?

몹시도 가냘픈 네가 가시밭을 걷는구나.
그렇지만 너를 일으켜세우는 것은 언제나
변하지 않는 너의 고운 마음이다.
어느 누가 사랑 없이 살아갈 수 있을까?
오직 네 손으로 남을 살리는 길에도
큰 고비가 하나 둘이 아닌 것을.
또다시 몸을 낮춰 한 시절을 기다릴 일이다.
참고 견디다보면 언젠가는 너의 날이
올 것이니.
찬바람 눈 속에 선 침묵의 저 나무들이
지금은 한결같이 움츠리고 있지만,
때가 오면 푸른 잎 붉은 꽃으로 피어나는
것처럼.

매화의 추억

마음이 고운 이가 오는가보다.
작은 새 대숲에 울고
앞뜰에 매화꽃 봉오리 머무니,
새순같이 티 없고 여린 이가
오는가보다.
낮은 흙산 저 외진 비탈을 지나
여울을 건너서
눈부신 햇살을 앞세우고
그 넋이 맑은 이가 오는가보다.
눈물로 밤을 지새본 사람은
알지.
빈 나뭇가지 흔드는 바람에도
얼굴이 붉어지니,
가슴이 따뜻한 이가 오는가보다.

어느 새벽길

희부연 하늘 끝의 새벽 별이 차다.
한 가닥 긴 둑길을 따라 누운 마른 풀잎
흰 서리 밟고 오는 너.
그칠 줄 모르는 천신만고가
늘 네 마음을 흔드는구나.
그래도 네 앞에는 아직도 힘든 일들이
산처럼 쌓여있느냐?
많은 밤을 눕지 않고 새우는 네 모습이
오히려 눈부시다.
흔히 누구에게나 깊은 상처가 있고,
그것이 때로는 누르지 못할 아픔으로
되살아나기도 하지만,
네 것에 견준다면 아무것도 아닌 것을.
그렇지만 절대로 울지 마라.
네 눈물이 찬바람에 그 붉은 불 위에서
얼까 두려우니.

새우잠

적수공권일 때에는 모래바람 진흙길도
두렵지 않다.
아무리 허덕여도 줄지 않는 힘든
일들까지도.
차라리 남루는 운명이라고 치자.
그러나 눈앞에 보이는 저 꿈들은 유난히
빛나고,
어둔 수렁 속에서는 아무 곳에서나
구부려 자는 새우잠도 너무나 달다.
어디에 괴로움이 없는 인생이 있는가?
참 깊은 사랑의 마음이 고단한 몸을
붙들어준다.
흰 물살 굽이치는 큰 강을 건너고
시퍼렇게 날 선 칼 위에 맨발로 설지라도.

동막리 일출

물 나간 동막리에 해가 뜬다.
저 금빛으로 반짝이는 개펄 속에 몸을 던져
묻히고 싶다.
이 아침에도 어느 누구에게나
지우려고 해도 지워지지 않는 상처들이 있다.
큰 물결 치는 밤바다와 같이 거친 삶 속에서
거듭하여 쓰러진 사람은 또다시 쓰러져도
아프지 않은가?
잊지 마라. 물 밑에 물이 흐르고,
이미 흔적도 없이 아득히 사라진 꿈 뒤에도
또다른 꿈들이 따라오는 것을.
홀로 묶인 빈 뱃전에 밀물이 들면 떠나리라.
흰 서리 깔린 잠 덜깬 갯마을에 눈부시게
뜨는 해를 본다.

길 위의 사랑

갈 곳 없는 사람들만 길 위에 눕는 것이
아니다.
사는 것이 고단하여
사랑을 하고 싶은 사람들도 길 위에 눕는다.
꿈은 누구에게나 있지만 그것이 낱낱이
다 이루어질 수 없는 것과 같이,
길은 어디에나 있지만
참된 사랑은 그렇지 않다.
세상이 아무리 모질고 거칠다고 하여도
한순간의 입맞춤이 벽을 허물고
두꺼운 얼음을 녹인다.
사랑이 어찌 몸 하나만의 일이냐?
영혼 안에 또다른 영혼이 고스란히 묻히는
일이다.
더욱이 길 위에 쓰러져
상처 입은 사람끼리의 눈물겨운 만남이라면.

만리포에서

그 누가 그리워서 저 바다는 저렇게
뒤척이는 것일까?
저 바다가 물결 되어 소리치며 하얗게
부서지는 것도
어느 날 갑자기 혼자 남아 못 견디는
몸부림일까?
사랑도 때로는 바람 끝에 일그러지고
아침저녁 물처럼 들고 나는 것이라면,
지금의 이 아픔 따위 나중에는
아무것도 아닌 것을.
차라리 가슴에 파인 모든 상처들을
지우리라 다짐한들
모래 위의 발자국처럼 흔적도 없이
지워지는 것이던가?
남 다 자는 깊은 밤, 뜬눈으로 우는
만리포 앞바다에 흐린 달이 지는구나.

양평동 첫눈

가진 것 없는 사람들은 하루가 편치 않다.
거기에다가 살을 에는 추위라니.
한때는 가난도 노래 된 적이 있었지.
그러나 오직 그것은 지금 몸속에 파고드는
가시일 뿐이다.
눈앞이 아무리 흐리고 캄캄한들 어쩌랴.
비록 번번이 이루어지지 못하는 것일지라도
희망 하나로 사는 것이 인생이다.
바람도 없이 이렇게 갑자기 눈이 내리면,
오갈 곳 없는 사람들의 가슴도 두근거리는
것일까?
저무는 양평동에 축복처럼 첫눈이 내린다.

마른 잎 혼자 밟으며

우수수 잎 지는 숲길을 간다.
이 찬바람이 쓸쓸함을 몰고 오는 것을
모른 척하기에는
이미 내 상처가 너무 깊다.
한 세월 티 없이 마음을 나눈 사람들은
다 떠났느냐?
누구나 지극한 믿음이 없이는
어느 작은 사랑도 이루지 못한다.
저 가을 나뭇잎들이 그 자리에 또다시
피어나기 위해서 떨어지는 것과는 달리,
사람은 한번 헤어진 뒤에는
처음처럼 다시 만나기 어렵다.
여기 이른 산그늘 진 깊은 숲속
마른 잎 혼자 밟으며
나는 안으로 하염없이 새처럼 운다.

안타까운 사랑

너를 만나도 나는 목마르다.
언제나 떠나가기 위해서 오는 너.
서로 마주 보면서도 저 안에까지 닿지 못하는
안타까움이여.
이다지도 그칠 줄 모르는 사랑의 마음은
어디에서 샘솟는가?
차라리 너를 만나기 전에는 원망도 없었지.
여기 바람 불고 잎 지는 아무도 없는 곳,
너를 보내고 돌아서면 눈물난다.
나 어찌하리.

청양 가는 길

오늘도 어느 곳에서나 잎이 진다.
가을걷이 끝난 논밭 사이로 길게 굽은
청양 가는 길.
외진 산비탈 붉고 푸른 지붕 덮은
오두막집들이 정겹다.
사람이 비록 가진 것은 없어도
마음만 편하면 산다지 않던가?
때가 되면 그림자도 없이 스스로
흙 위에 눕는 것들의 아픔이여.
조으는 칠갑산 자락을 돌고 돌아
혼자 가는 길.
스산한 바람 끝에 이리저리 물결치는
흰 억새꽃이 눈부시다.

내 안의 너

내 안에 네가 가득하다.
온갖 생각들이 쉬지 않고 들어왔다가
나갈지라도,
내 안에 터질 듯이 가득한 것은 너뿐이다.
아무리 덜어내려고 해도 덜어지지 않고
지우려고 해도 지워지지 않는 너.
너는 내 앞에 흔적도 없지만
내 안에서는 늘 역력히 살아 움직이니,
이것을 그리움이라고 하는 것일까?
이미 내가 너에게 깊이 사로잡히고
내 넋이 운명처럼 너에게 묶인 뒤에는,
오직 한 사람 네 모습만 내 안에
가득하다.

도솔암에서

삶의 길은 모두가 굽고 가파르다.
호젓한 이 산속에까지도 세상은 따라오고,
한순간도 그 손에서 놓아주지 않는구나.
깊은 수풀 바위틈에 홀로 숨은 이여.
누구나 이곳에 맨몸으로 우연히 찾아온
것과 같이,
이제는 무수한 잠든 잎 밟고 흔적도 없이
돌아가는 일이 있을 뿐이다.

그의 모습

사람 노릇을 다하기가 어디 쉬운 일이던가?
거친 삶 속에서도 남들을 쓰다듬고 붙들어주는
그의 모습이 너무나도 아름답구나.
아무리 궂은 일에도 그 얼굴에 구김살이 없고,
어느 누구보다도 외롭고 고단하면서도
오히려 힘없고 못 가진 이들을 달래주는 그.
그의 대쪽 같은 꼿꼿함이여, 불 같은 가슴이여.
이 세상에 변하지 않는 것 하나 없을지라도,
언제나 붉고 흰 손 빈 몸으로 맑고 티 없이 사는
그만은 홀로 끝까지 변하지 않을 것이다.

오늘을 산다

낭떠러지에서 낭떠러지로 걸으며
오늘을 산다.
끝도 없는 가시밭길에서는
나의 희망은 신기루다.
내가 홀로 눈시울을 적실 때마다
떠오르는 그 눈부신 것들,
무엇이 급하여 그렇게도 순식간에
사라지는 것일까?
그렇지만 두려워 마라.
아직은 아무것도 못 이룬 자여.
굽고 거친 내 삶 속에서도
시간은 쉬지 않고 흐르고,
오늘은 두 번 다시 오지 않는다.

숨은 길

이 길이 처음같이
열렸으면 좋겠네.
산 넘고 물 건너
새짐승만 오가는 길.
칡넝쿨 쑥대밭에
한 세월을 숨었는가?
사람 끊긴 바위틈에
긴 잠을 자는가?
지금은 못 가지만
걸으면 한나절 길.
이 길이 처음같이
열렸으면 좋겠네.

나의 바다

내 눈물이 고여서
바다가 되었네.
눈물의 바다.
반짝이는 잔물결 위로
내 꿈은 흩어지고,
내 슬픔이 변하여
새가 되었네.
물 위의 흰 새.
아무도 오지 않는 곳에서
혼자 흘린
내 눈물이 고여서
바다가 되었네.
깊고 푸른
이 바다가 되었네.

초가을날 밤 신삼리

깊고 아득한 저 하늘의 별들이 쏟아질 듯이
영롱하다.
소쩍새 우는 소리 잠깐 그친 사이
느지막이 누가 집으로 돌아오는가보다.
어느 개 한 마리가 짖으면 온 동네 개들이
따라 짖는구나.
땅거미가 내리자마자 일찍이 누운 사람들의
작고 맑은 꿈들이 모여서 이렇게 되는 것일까?
이 초가을날 밤 신삼리의 모든 잎들이 잠잠하고,
늙은 오동나무 가지 위에 붉은 달이 걸리니
더욱 정겹다.

성수역에서

사랑을 못 이룬 사람들은 이미 다 떠났는가?
저무는 성수역 스산한 바람 속에 쓸쓸히 혼자
서다.
아무리 곧고 절절한 사랑도 때로는
가슴 저미는 아픔이 되고 슬픔이 되는 것을.
차라리 그것이 남김없이 온 넋을 태우는 길이
아니라면,
다시는 이 물을 건너지 않으리라.
굳이 이름을 지우고 몸을 낮춰 한 시절을
견디는 것도 오직 이 다짐 하나 때문이려니.
그렇지만 이곳에 와서 안으로 우는 사람이
어디 나 한 사람뿐이랴.
참으로 끝없이 깊고 진한 사랑에 모든 운명을
걸었을 경우에는.

나의 천사에게

너는 너무나도 아름다운 천사다.
도저히 참을 수 없는 것을 참고
견딜 수 없는 것을 견디는 너.
나는 너의 발뒤꿈치에도 따르지 못한다.
차라리 너의 그 흰 얼굴보다도
보이지 않는 속마음이 더욱 눈부시구나.
남들의 아픔까지 낱낱이 다 품느냐?
천사여,
네가 산이라면 나는 모래알이다.

그 친구 지금은 어디에서

그 친구 지금은 어디에서 무엇을 하고 있을까?
누구보다도 가슴이 뜨겁고 눈물 많던 그 사람.
젊은 날 모조리 던져서 어둠과 맞서고
앞장서서 손 묶이고 감옥에 갇히던,
그 친구 지금은 어디에서 무엇을 하고 있을까?
이 어지러운 바람 끝에 단 한마디도 소식 없는 그.
이미 칼의 때가 지나고 도둑의 때가 왔으니,
몸을 낮춰 깊이 숨고 돌아오지 않으려는가?
살얼음 그 거친 벌판에서도 꼿꼿이 소리치며
목숨 걸고 세상을 바꾸자던 그.
그 친구 지금은 어디에서 무엇을 하고 있을까?

낯선 너

나는 네 안에 그림자마저도 드리우지 못한다.
다만 정처 없이 내 마음의 끝까지 갔다가
돌아올 뿐이다.
때로는 낯익고 때로는 남보다도 더욱 낯선 너.
아무리 네 곁에 다가서도 내 손에 아무것도
잡히는 것이 없다면,
나의 이 절절한 사랑도 결국은 부질없는
일일 것이다.
빈 몸으로 늘 혼자 남는 아픔을 너는 모른다.
나에게 오면 까닭 없이 눈물겨운 너.
내 모든 날을 걸고 내가 찾는 사람이 너인가?

매미에게

어떤 꿈 한 자락에 너의 운명을 걸었느냐?
네가 죽은 뒤에는 아무것도 없으니,
그것이 무엇이든지 살아서 만나라.
이 여름의 나무숲이 푸르고 푸른 만큼
땅 위에 남은 날은 결코 길지 않다.
어느 때에나 이 세상에는 끝이 없는 것이 없다.
그렇지만 네가 온몸으로 지르는 그 소리가
마지막 노래라면,
너의 작고 짧은 삶이 너무나도 안타깝구나.

비 새는 집

막다른 길 뒤에 막다른 길은 없다.
돌아다보면 머나먼 가시밭길,
죽든지 살든지 눈앞만 보고 달려왔을
뿐이다.
그것이 모조리 세상 속의 일일 바에는
때로는 흔들리지 않는 삶이 어디에
있다더냐?
그 가슴의 상처가 크면 클수록
비스듬히 기울고 비 새는 집에서도
더욱 아름다운 꿈을 꾼다.
무심코 지나치면 아무것도 아니겠지만,
저 은근한 낙숫물 소리도
혼자서는 잠깐 동안 들을 만하다.
버릴 수 없는 것까지 이미 다 버리고
몸 하나로 돌아와 눕는 사람이라면.

아무도 산 위에 오래 머물지 못한다

산봉우리에서 산봉우리로 가는 사람은
없다.
누구나 바닥에서부터 오르는 법이다.
때로는 돌에 걸려 넘어지고,
깊은 수풀 속에서 길을 잃기도 한다.
처음에는 어느 골짜기나 다 낯설다.
그렇지만 우연히 선한 사람을 만나서
함께 가는 곳이라면 아무것도 두렵지 않다.
아득히 멀고 큰 산을 오르기 전에는
낮은 산들을 오르고 내림은 당연하다.
아무도 산 위에 오래 머물지 못한다.
왜냐하면 그곳에 오른 뒤에는
또다시 내려가는 길밖에 없는 까닭이다.

내일은 있다

머무는 곳도 없이 홀로 떠도는 자에게도
내일은 있다.
붉은 초승달 아래 숨어서 울고
눈앞도 안 보이는 흙먼지 검은 연기 속을
헤맬지라도.
아무도 없는 깊고 어둔 곳에서는
모든 시간의 작은 잎새들까지도
어느 날 문득 피었다가 지는 것이더냐?
먼 땅 끝으로부터 휘몰아쳐오는 비바람이
오히려 모진 운명의 끝자락이라면,
모래 위에 긴 발자국을 찍으며
이 벌판을 홀로 떠도는 자에게도 내일은
있다.
무심한 저 강물 위에 그림자 지던
집은 이미 부서지고
아름다운 옛 꿈은 흔적도 없이 사라졌지만.

검은 산 앞에서

저것은 산인가 구름인가?
사방은 아득히 닿지 않는 푸른 물끝.
나는 이제 갇힌 나그네.
아무도 나를 붙들지 않아도
나는 나의 길을 가지 못한다.
이 쓸쓸한 날에 무지개는 떠서
무엇하리.
우거진 숲속의 흰 집들이
내 눈을 막아도,
그 어디에도 내 한 몸을 눕힐 곳은
없다.
어느 사이 사람들은 다 떠나고,
나는 우두커니 검은 산 앞에 서다.

세상길

내가 가는 세상길은 너무 거칠다.
내 앞에는 서리와 이슬만 가득하고,
오르막길 뒤에 오르막길뿐이니
안타깝다.
언제 한번 사는 것같이 살아보았는가?
하루도 빠짐없이 몸을 위해 일하고,
돌아와 눕는 곳도 언제나 수렁이다.
깊고 아득한 내 아픔이라면,
흐리고 급한 물살에 속수무책으로
떠내려가보지 않은 사람은 모른다.
내가 가는 멀고 험한 가시밭길.
오늘도 나는 쉬지 않고
깎아지른 벼랑 위를 혼자 걷는다.

나는 너에게 무엇인가 되고 싶다

나는 너에게 아무것도 아니다.
어느 바람결에 소리없이 떨어지는
나뭇잎 하나도 되지 못한다.
나는 너에게 무엇인가 되고 싶다.
네 넋 속에 몸 속에 지워지지 않는
무엇인가 되고 싶다.
내가 너에게 끝까지 변하지 않는
무엇이 될 수만 있다면,
내가 변하는 모습이
아무려면 어떠냐?
내 몸이 순식간에 사라지고
다시는 돌아오지 못할지라도,
나는 너에게 무엇인가 되고 싶다.

낙화유수

한번 떠나간 벗들은
돌아오지 않고
물 위에 꽃이 지니
내 마음이 서글프다.
비바람 한 시절을
죽지 않고 견뎠느냐?
선한 사람들 이미
가슴의 문을 닫았으니,
더운 넋 나눌 수 없음이
너무나도 안타깝다.
무심한 것이 어찌
흐르는 저 물뿐이랴.
눈처럼 날리는
꽃잎을 바라보며
지나간 날들을 생각하니
내 눈에 눈물난다.

한여름날의 숲

저 온갖 잎들은 신의 얼굴이고,
초록은 언제나 신의 마음이다.
이 여름날 누구든지 숲으로 오라.
그 손안에 가진 것이 있고 없고
상관없이
모두들 이곳에 와서 공으로
누워도 좋다.
아무도 흔드는 사람이 없는데
부드럽게 흔들리는 무수한 잎들,
저것은 세상을 끝없이 사랑하는
보이지 않는 신의 손짓이다.

신림역에서

날이 저물면 공연히 흥청거리는 곳이
어디 이곳뿐이랴.
지금은 살 붉은 아이들 길거리에서
사랑을 배우고 인생을 배운다.
술에 너무 젖지 마라, 갈 길은 멀다.
때로는 세상의 물결을 거스르고
온몸으로 시절을 괴로워하는 것도
멋진 일이다.
어느 한순간의 가볍고 우연한 만남이
운명이 되듯이,
모든 이별은 끝까지 아물지 않는
상처가 된다.
누구에게나 짐작 못 하는 앞날이 있다.
이 깊고 들뜬 곳에서 입술을 깨물고
거듭하여 스스로 다짐하는 것이라면,
그 꿈은 남김없이 다 이루어질 것이다.

물고기 한 마리

네가 세상의 문을 닫았느냐?
이미 물의 때가 지났으니
얼음의 때가 오리라.
네 곁에 담을 쌓고 울타리를 쳤느냐?
네 가슴이 검게 타고
재 위에 또다시 불길이 솟으리라.
곳곳의 네 이름을 지우라.
내일은 아무도 너를 기억하지 않으리라.
어둔 강 바위틈에 혼자 잠든
너, 물고기 한 마리.
세상이 너를 잊기 전에
네가 먼저 세상을 잊었느냐?

나를 넘어서

나를 넘어서 그리운 너에게 간다.
하루가 다르게 푸른 저 봄빛 속으로.
어차피 내 안의 것들은
다 두고 가는 것이 아니더냐?
낮은 산 밑의 여린 풀밭 위에 누운
내 그림자마저도 돌아보지 않으리라.
아직은 너에게 닿지 못하는
먼길이라면
저물기 전에 여울을 건너야지.
오늘도 희고 붉은 꽃잎들 까닭 없이
진다고 한들,
나를 넘어서 보이지 않는 그리운
너에게 간다.
한 마리 새가 되어 허공을 나는 듯이.

돌아올 길 아니라네

돌아올 길 아니라네,
내가 가는 곳.
몸 두고 넋 하나로
내가 가는 곳.
사흘 밤 사흘 낮을
걷고 또 걸어서
산 넘고 물을 건너
내가 닿는 곳.
돌아올 길 아니라네,
혼자 가는 곳.
바람에 흩날리는
종이꽃 흰 꽃잎 밟고
내가 가는 곳.
돌아올 길 아니라네.

너에게

네 마음은 언제나 깊고 푸른 강물이다.
때때로 너를 흔드는 것은,
겹으로 누운 일그러진 긴 산 그림자 위에
반짝이며 잔물결치는 사랑의 기운이다.
아직도 너는 참을 수 없는 것을 참느냐?
발길 가는 대로 가라.
너에게 남은 날은 길지 않다.
다만 유유히 흐르다가 멈추는 아득한 곳,
거기에서 네 마음속에
너를 누르고 가두지만 않는다면,
그곳이 네 기다림의 끝이 될 터이니까.

내 마음의 무성한 잎 지고

내 몸을 비운 지는 무척 오래이지만,
나는 이것을 가난이라고 부르지 않는다.
왜냐하면 이미 내 안에는
남모르는 꿈들이 가득 찼기 때문이다.
그래도 돌같이 무거운 이 한 몸이
깃털처럼 가벼워지는 때는 언제일까?
내게는 어둔 밤이 끝나지 않았을지라도
오늘 나의 하루는 너무나도 밝구나.
내 마음의 무성한 잎 지고
찬 여울에 벗은 나무 물그림자뿐이지만,
나는 이제 아무것도 두렵지 않다.
왜냐하면 내 살 속에 사랑의 진한 피
아직도 끓고 있기 때문이다.
방황하는 자여, 망설이지 말고 들어오라.
나의 문은 언제나 열려 있다.

누르지 못할 그리움

누르지 못할 그리움이 나를 태운다.
풀숲에 숨어 혼자 삭이는
몸짓 없는 사랑도 사랑인가?
무수한 잔물결 이루며 흐르는 시간 속에서
나는 너에게 사로잡히고,
때로는 한밤처럼 길을 잃는다.
진흙을 밟을 때에는 누구나
마음을 버리기가 쉽지 않다.
아무리 흔적도 안 남기고 지워보지만
머리칼 하나 지워지지 않는 너.
불 같은 네 품안에 고스란히 타고 남은
재가 되고 싶다.

나는 괴로움의 바다를 건너지 못했다

나는 지금까지 속수무책으로 살아왔다.
내 손으로 일없이 내 몸을 묶고,
내 무덤을 스스로 내가 팠다.
눈 비 바람 안개 속에 늘 길을 잃고,
작고 하찮은 유혹에도 무단히 졌다.
아무도 나를 떠미는 사람이 없는데
나는 여기까지 떠밀리고 상처 입었다.
어느 누가 살과 넋이 하나라고 하던가?
내 몸이 가는 곳에 내 마음은 없고,
오히려 내가 나를 가로막았다.
아무래도 나는 너무 멀리 왔나보다.
그렇지만 내 앞길은 거친 풍랑뿐이고,
나는 아직도 괴로움의 바다를 건너지 못했다.

하루를 살지라도

벗은 나뭇가지 끝에 찬바람 불고,
어디에도 내 마음을 둘 곳이 없구나.
일찍이 세상을 등진 사람들은 아직도
소식이 없는가?
갑자기 사라진 꿈 하나 때문에
어찌 이 시절을 탓하리.
줄곧 내 눈앞을 가로막는 것은
캄캄절벽이지만,
아무 두려움 없이 내 길을 가고 싶다.
하루를 살지라도 넘어지지 않고
끝까지.

모든 꿈

너에게 끝없이 머무는 것은 아무것도 없다.
그것이 네 손에 닿거나 닿지 않거나 상관없이
어느 한순간에 사라지는 것들이라면,
네 앞에 떠오르는 모든 꿈은 꿈일 뿐이다.
어찌 네가 낱낱의 꿈에다가 운명을 걸겠느냐?
때로는 그것이 생시같이 오고 가는 것은,
네 안에 간절히 구하고 바라온 것들이
하나 둘이 아닌 까닭이려니.
아득히 깊은 잠 속에서는
어린 나무 작은 풀잎들마저도 다 죽을 것이다.
네 스스로 덫을 놓지 마라.
그것이 한번 가고 다시 오지 못하는 것들이라면,
곱고 거친 너의 모든 꿈은 오직 꿈일 뿐이다.

유구를 지나며

저기 비탈진 황토밭은 누가 지을까?
외진 이 들 끝이 초록으로 넘칠 때까지는
한번 떠난 아이들은 돌아오지 않고,
홀로 남은 등 굽은 이들은 누구나
쉴 틈이 없다.
어느 곳이나 무심코 지나가는 사람이라면,
그곳의 눈부신 한때를 알지 못한다.
오늘 여기 이른 봄의 풀 없는 유구에
뽕나무 잎사귀 무성한 여름이 오면
집마다 옛 아낙들의 베틀 밟는 소리
그치지 않았느니.
마치 다 뒤집은 듯이 세상이 변했음에도
불구하고
때에 맞춰 땅을 갈고 씨뿌리기를
멈출 수 없으니,
오는 가을 이 골짜기에도 한바탕

흙팔매질하며 새 쫓는 소리 들리겠구나.

추사 옛집에서

당신의 옛집이 서 있는 낮은 들,
지천으로 핀 사과꽃이 희다.
한때는 죄도 없이 갇히고 떠밀렸지만
한 그루 큰 소나무같이 언제나
홀로 곧고,
죽어서도 깨끗한 이름을 남긴 이.
천 자루 당신의 붓끝은
당신만의 날 선 칼날이었을까?
뜻을 세워 일찍이 돌이 아니라
마음에 새기고
붉은 흙 밟고 훌쩍 떠난 당신의 옛집,
봄볕 넘치는 안마당에
무단히 찾아오는 낯선 사람들의
발자국 소리만 부산하다.

꽃이 피면 무엇 하리

꽃이 피면 무엇 하리.
모두 떠나고,
혼자 남은 이 비탈에
꽃이 피면 무엇 하리.
어느 날 낯선 바람 끝에
문득 지는 꽃,
낭떠러지 바위틈에
꽃이 피면 무엇 하리.
아무도 없는 곳,
다시 누울 회한의
긴 수풀에
새가 울면 무엇 하리.
저 여린 잎 적시는
이슬방울 지는 소리에도
희고 붉은 꽃
다투어 피면 무엇 하리.

우는 여자에게

좋은 꽃이 먼저 진다.
지나치게 슬퍼 마라.
세상이 무너져도
산 사람은 살아야지.
차마 잊혀질 리 없겠지만,
애써 잊으려무나.
혼자인들 어떠냐,
짧은 봄날 긴 겨울밤을
몸 없이도 지키리라.
처음 만나던 때같이
이승의 한 끝에서
다시 만날 때까지는.

저 산수유 꽃밭에

저 산수유 꽃밭에
나 못 가네.
저 산수유 꽃밭에
나 어찌 가리.
굽은 강 건너서
밭둑길 지나
저 산수유 꽃밭에
나 못 가네.
마음을 따라서
몸마저 간다면
그것이 행복인 줄
알면서도,
저 산수유 꽃밭에
나 못 가네.
저 노란 꽃밭에
나 아직 못 가네.

쑥잎 한 줌

당산 전철역 앞 네거리 오른쪽 건널목
신호등 달린 전신주 밑에 쭈그리고 앉은
한 낯선 할머니의 어린 쑥잎 한 줌.
작고 등 굽은 그 할머니의 봄이 거기에 있었네.
그 할머니 그 쑥잎 한 줌을 캐러
어느 들길을 새벽같이 헤매고,
어느 산비탈을 저물도록 더듬었을까?
뭇 사람들 무심코 오고 가는 길바닥에 편
헌 보자기 한가운데에 둥두렷이 쌓여 있는
그 할머니의 어린 쑥잎 한 줌.
영등포구 당산 전철역 앞 네거리
오른쪽 건널목 전신주 밑에 쭈그리고 앉은
작고 등 굽은 그 할머니의 봄이
희고 푸른 그 쑥잎 한 줌 위에 있었네.

반구정에 올라

이른 봄날 반구정에 오르다.
옛 정승 황희가 빈손으로 돌아와
물새들과 놀던 곳,
아직도 잔물결 반짝이며 흐르는
강 언덕에 서서
벼슬 높은 도둑들로 어지러운
이 시절을 한탄한다.
차라리 하루 세 끼니 거칠고
비 새는 초가지붕 찬 구들일망정
늘 스스로 만족하던 그.
수백 년이 지나도 변하지 않는
티 없는 이름 앞에 옷깃을 여미며,
힘 가진 큰 도둑들로 인하여
기우는 이 나라를 근심한다.

꿈이라면 좋겠네

꿈이라면 좋겠네.
님도 없는 한 세월이
꿈이라면 좋겠네.
걸어서도 하룻길,
오도 가도 못 하는 길.
오늘은 소식 올까?
벼랑 위에 혼자 울고,
오죽하면 뜬눈으로
날 새우리.
멀고 큰 산 바라보며
이 가슴 죄는 것이
꿈이라면 좋겠네.
꿈이라면 좋겠네.

산 너머 산

사람이 죽을 문은 하나요 살 문은
아홉이라고 했다.
아직은 손발이 다 성한데
산 입에 거미줄을 치겠느냐?
아무리 산 너머 산이라고 할지라도
그래도 죽지 않고 살아남아야지.
누구에게나 오르막길도 있고
내리막길도 있다.
거친 물살에 휘말려 떠내려가도
중심을 잃지 마라.
오늘은 캄캄절벽인 것 같지만,
내일을 모르는 것이 사람의 일이다.

오늘 같은 날

자욱이 안개 덮인 강가에 오다.
사람이 아무리 몸부림쳐도
눈앞도 못 보는 것이 인생이다.
오늘 같은 날,
지나간 모진 고비들을 되새긴들 무엇 하리.
차라리 붉은 손 빈 주먹으로
이 강물을 건널까?
저 먼 곳에도 꿈이 있고
그것이 가슴 저리는 사랑이라면,
지금이라도 또다시 목숨을 걸고 싶다.

추운 날의 선운사

쓸쓸한 선운사 골짜기에 서다.
키 큰 벗은 나무 눈 덮인 산봉우리들이 나를
에워싼들,
내가 아무 곳에든지 쉽게 머물 수 없는 것은
물처럼 한 세월을 흐르지 못한 까닭이리라.
비록 그것이 깊은 마음속의 상처일지라도
이 추운 날 홀로 떠도는 자에게는
모든 것이 그리움이다.
도대체 어느 누가 이승의 끝이 없다고 하더냐?
천년 옛 절에 앉아서 조으는 부처 아래서는
오직 나는 한낱의 먼지일 뿐인 것을.

삶 속에서는

산이 높으면 골이 깊다고 했다.
네 꿈이 너무 크기에
그것이 무너진 자리도 크다.
네 눈으로만 세상을 보지 마라.
속수무책으로 쓰러진 자에게도
앞날은 있다.
하루아침에 남들이 너에게
등 돌리고 비웃을지라도
나중에는 그들이 먼저 와서
네 손을 잡으리라.
삶 속에서는 어느 누구에게든지
우여곡절이 있고,
희망과 좌절은 늘 함께 간다.
묵묵히 몸을 낮추라.
죽은 듯이 때를 기다리는 것도
인생이다.

저녁 무렵 대포항

나는 소리치며 스스로 밀려와
하얗게 부서지는 파도인가?
저 짙푸른 바다 위에 어스름이 내려도
내가 아직 이 부두에 홀로 서 있는 것은,
내 가슴에 쌓인 회한의 탓만은
결코 아니다.
아마 이것은 돌아와 서로들 깃털을 부비는
갈매기들처럼,
내 안에 잠든 그리움이 한순간에
모조리 눈을 뜨기 때문인지도 모른다.
거기에다가 내가 우연히 이곳까지 와서
이미 헤어진 이들을 떠올리는 것은
더욱이 못 믿을 일이다.
지금의 내가 쉬지 않고 그물을 적시고도
여전히 저문 물끝을 떠도는
외로운 작은 배라면.

한번 떠난 새들은 돌아오지 않는다

한번 떠난 새들은 돌아오지 않는다.
그들은 나를 잊었다.
저 은빛의 강물 위에 뜬 새들은
낯설다.
바람 한 점 없는데 갈대숲은 흔들리고,
내 마음도 흔들린다.
아무래도 이런 날에는 물안개라도
끼었으면 좋겠다.
먼 곳에서 종이 울리고
이따금 뱃고동 소리도 들린다.
그리운 그 새들은 지금쯤 어디에서
왁자지껄 솟아오르고 있을까?

마음은 청춘

누구나 뒷모습부터 늙는 것일까?
비에 젖은 은행잎을 밟고 가는
한 사람의 그림자가 쓸쓸하다.
비록 그것의 대부분이 상처뿐일지라도,
돌아보면 지나간 모든 날들이
아름답다.
때로는 움츠리고 혹은 무수히
머뭇거리기도 했지만,
눈물겨운 사랑이라면
물불을 가리지 않은 것도 결코
잊지 못할 일이다.
이제 와서 새삼 저 희고 성성한
머리카락을 탓하지 마라.
그래도 마음은 언제나 청춘이다.

그대가 내 손을 놓았지만

그대가 내 손을 놓았지만
나는 그대의 품안에 있네.
그대의 가시나무 여름 수풀
내 눈앞을 가리우고
잎이 지고 서리 쳐도
나는 그대의 품안에 있네.
깎아지른 낭떠러지
깊고 푸른 강물가에
그대를 기다리는 돌이 되리라.
몸을 던져 거듭한 맹세도
상관없이
그대가 내 손을 놓았지만,
나는 그대의 품안에 있네.

어떤 낙화

어느 바람에 지지 않는 꽃잎이 있으랴.
비에 젖은 봄 수풀, 떨어져 누운 꽃잎들이
눈물겹다.
몸 없는 곳에서 마음만 조이는 사랑도
사랑인가?
아무리 작은 상처도 그것이 사랑으로 인한
것이라면,
그 아픔은 저 멀리 영혼에까지 닿는다.
누구나 한번 가고 돌아오지 못하는 길은
길이 아니지.
차라리 어지러운 바람 끝에 다 지고,
쓸쓸히 누워 잠든 꽃잎들이 더욱 곱구나.

백운계곡에서

계곡물 소리에 세상을 잊는다.
저 물가의 돌멩이 한 개
풀잎 하나에도 영혼이 있다면,
그것들이 아마 내 몸을 이곳까지
데려왔을 것이다.
이 여름날 그 어디에
이렇게 싱싱한 초록의 잔 무늬들이
있을까?
온갖 나뭇잎들이 다투어 감추는
까닭인지는 몰라도
바위 끝에 내리는 한 줌의 햇살도
새삼스럽다.
눈부셔라.
이 높은 산 깊은 골짜기에
스스로 부서지는 맑고 흰 물살이
온종일 나를 사로잡는구나.

먼 절의 쇠북 소리

잎 다 진 산길을 나 혼자 간다.
먼 절의 쇠북 소리가
내 가슴을 때리는구나.
이 가을날 뒤돌아보는 사람이라면
누구나 그렇듯이
내 거친 삶 속에도 지나간 것들은
아름다운가?
여기저기 긁히고 꺾인 몸 하나
흙 위에 누인다고 하여도,
아직도 모진 운명 앞에서는 전혀
아무것도 아닌 나.
스산한 바람에 이리저리 구르는
가랑잎.

너를 부른다

너 아직도 거기에 있느냐?
작고 여린 바람에도
우수수 지는 잎,
어우러진 수풀 속에
굽은 나무로
너 여전히 거기에 서 있느냐?
인적도 없는 산골짜기
바위 틈에 홀로 숨은 자여.
사시사철 속절없이 흐르는
참 맑고 시린 물,
새 우는 소리에 묻혀
너 아직도 거기에 있느냐?
붓을 꺾듯이 뜻을 꺾고
스스로 이름을 지운 너.
세상이 너를 부른다.

산속의 하루

깊은 산에 호젓이 머물다.
촘촘히 선 나무들의 고운 잠 속에
내 발자국 소리만 들릴 뿐이다.
지나간 사랑의 아픔들이 가득히
밀물처럼 차오르고,
그것은 붉게 물든 잎보다 더 붉다.
이곳에 오는 길에 이미
버릴 것은 다 버리고 몸이 가벼우니,
수풀에 가려 눈앞이 안 보여도
두렵지 않다.
바람도 없이 잎이 지는 그윽한 곳,
오늘 하루 나 혼자 내 그림자를
밟는다.

낙엽길

붉은 잎도 지고
푸른 잎도 지는구나.
숨은 새 울고
아무도 없는 곳.
이 깊은 산속
입 다문 나무숲
바위틈에
물이 먼저 지나간 길.
오늘은 마른 산,
다 두고 혼자 가는
낙엽 깔린 길.

부왕동 암문을 찾아서

옛 사람들의 돌 깨는 소리를 듣는다.
높은 산마루 숨은 옛 절터에
아직도 쇠북 소리가 낭랑하니,
선한 이들 모두 안심하라.
칡넝쿨 험한 비탈 깎아지른 벼랑 위에
몸 부려 성을 쌓고 총안을 뚫음은,
한순간의 눈앞이 아니라 미리 천년을
보려 함이라.
허망하다,
지금은 아무도 지키는 이 없는
부왕동 암문을 찾아가는 길.
이끼 묻은 굽은 나무 붉은 잎 사이로
큰 돌을 나르는 옛 사람들의
목도질 소리를 듣는다.

구룡사에서

구룡사 단청 고운 일주문을 지나
겨우살이, 물푸레나무, 붉은솔,
단풍나무숲을 지나
사천왕문에 이르는 길.
여기저기 이끼 묻은 바윗돌들만
오체투지로 부처를 만나는구나.
아름다운 이여.
세상의 모든 것이 헛된 것이라면,
쉬임없이 이 옛 절을 에돌아 흐르는
저 물빛은
오늘따라 왜 이렇게 눈부신가?

슬픈 너

네 얼굴을 내 손으로 그 어찌 지울까?
이미 내 가슴속에 깊이 묻힌 사람.
때로는 새가 되어 우짖는 소리로
나를 깨우고,
때로는 밀물이 되어 내 넋을 적시는 너.
네 얼굴을 내 손으로 지울 수 없구나.
아직도 그 비탈 숲그늘에 혼자 남아서
눈부신 빛으로 오는 또다른 날을 꿈꾸는
너.
슬픈 네 얼굴을 내 손으로 단 한 번
지우지 못하겠구나.

소래포구에서

죽고 싶은 사람들 다 이곳으로 오라.
떠들썩한 소래포구 어물시장바닥에서는
오가는 이들 웬일인지 공연히 즐겁다.
결국은 살거나 죽거나 흥정 끝에
팔려가는 것들이라면,
저 온갖 물고기들이 왜 여기에 나란히
누워 있느냐고 묻지 마라.
날마다 긴 개펄 위의 흰 갈매기들 쫓으며
선창에 드는 것은 줄줄이 고깃배들이다.
돌아다보면 누구에게나 그렇듯이
진한 사랑도 한때라고 했던가?
가슴 뜨거운 사람들 아무리 기다려도
협궤열차는 오지 않고,
녹슨 옛 철교 밑으로 흐르는 물은
오늘도 무심할 뿐이다.
기억하라, 아무도 부르지 않아도

삼삼오오 일없이 왔다 가는 사람들.
이곳의 부지런한 아낙네들이 팔을 걷고
소리치는 것은
오직 하나 남루 때문만은 아니라는 것을.

꽃 보러 와요

온 산에 진달래꽃,
흐드러진 연분홍 산벚꽃
보러 와요.
허리 굽은 큰 솔밭 오솔길
지나
오늘 따라 화들짝 핀
흰 목련꽃 보러 와요.
오는 듯이 가는 것이
봄날이지요.
샛노란 산수유 꽃나뭇가지
사이로
아득히 선,
꽃 덮인 낮은 산 너머
검고 푸른 저 먼산을
보러 와요.

뒤돌아보는 자의 희망과 사랑

민영(시인)

    양성우 시인의 새로운 시집 뒤에 글을 써달라는 부탁을 받고 불현듯 마음에 떠오른 것은 그가 현재 몇살이나 되었을까 하는, 조금은 엉뚱한 생각이었다. 그래서 황급히 문헌을 찾아보니 '1943년 전남 함평 출생'으로 되어 있었다. 시인은 금년에 회갑을 맞이한 것이다.

    하지만 그것은 내게 좀체로 믿어지지 않는 사실이었다. 내 추억의 화첩 속에 남아 있는 양성우 시인의 모습은 너무나 순결한 청춘의 상이었고, 그것은 지금도 변색되지 않은 아름다운 젊음이었기 때문이다. 마치 돌팔매로 골리앗을 쓰러뜨린 다윗을 보는 것 같았는데, 그것이 독재자 박정희의 죽음 이후에 찾아온 1979년

가을부터 시작된 '서울의 봄' 때 만난 그에 대한 첫인
상이었던 것이다. 그런 역동적인 주인공이 벌써 환갑
나이가 되었다는 것은 세월의 무상함을 탓하기 전에
나에게는 서글픈 일로만 여겨졌다.

　양성우 시인은 감옥에서 나온 직후인 이때 두 권의
시집을 잇따라 냈는데, 1980년에 낸 「북치는 앉은뱅
이」에는 다음과 같은 작품이 보인다.

　　겨울이 가도 어둡고
　　답답한 산천,
　　안개 낀 우수에
　　끓어오르는 가슴의 피 누르며
　　나는 그대를 손꼽아 기다리고,
　　내가 이 세상
　　잠깐 동안의 나그네이듯이
　　사람들은 북을 치며
　　모두 떠났다.

　　　　　　　　　　　　　　　　　　　—「雨水」 중에서

　옥에 갇혀 있을 때 쓴 것으로 추측되는 이 시 속에서

시인은 "끓어오르는 가슴의 피 누르며 / 나는 그대를 손꼽아 기다리고" 있다고 노래하고 있으며, "사람들은 북을 치며 / 모두 떠났다"고 아직도 자유의 몸이 되지 못한 자신의 처지를 슬퍼하고 있다.

그리고 뒤이어 낸 시집 「청산이 소리쳐 부르거든」(1981)의 표제시에서 시인은,

청산이 소리쳐 부르거든
나 이미 떠났다고 대답하라.
기나긴 죽음의 시절,
끝도 없이 누웠다가
이 새벽 안개 속에
떠났다고 대답하라.

— 「청산이 소리쳐 부르거든」 중에서

고 노래한다. 오랫동안 옥에 갇혀서 살아야 했던 시인은 이 시 속에서 '꿈도 없이' 사느니 차라리 "흙먼지 재를 쓰고 / 머리 풀고 땅을 치며"(「청산이 소리쳐 부르거든」) 떠나기를 바라고 있는 듯한 비장한 결의를 내비치고 있는데, 뒤집어서 말하면 이것은 온갖 핍박

속에서도 시인의 생명의 의지가, 화산이 폭발하여 용암이 솟아나오는 것 같은 비장한 결의가 얼마나 장엄했는가를 말해주는 레토릭인 것이다.

그러므로 양성우 시인에 대해서 더이상 소개의 말을 하는 것은 췌언이다. 그는 저 엄혹한 군사독재의 시대에 온몸을 내던져 부딪치며 살아온 투사형의 시인이었고, 마침내 우리 곁으로 살아 돌아와서 이제까지 시를 쓰며 머리가 희끗희끗해질 때까지 젊음의 직선적인 힘을 잃지 않고 있는 선량한 시민이기 때문이다.

그러나 이번 시집의 초고를 읽고 나서 짚인 것은 그에게 불어닥친 현실의 바람이 아직도 쌀쌀하고 모진 것이 아니었을까 하는 우려였다. 그는 우상을 끌어내리는 싸움에서 승리를 쟁취했고 이 나라의 시인으로서도 확고한 위치를 차지하고 있건만, 자본을 앞세우는 오늘의 모순된 사회에서는 그에게 안주할 자리보다 좌절의 슬픔을 안겨주고 있는 게 아닐까 하는 의구심을 떨쳐버릴 수 없었다.

우수수 잎 지는 숲길을 간다.

이 찬바람이 쓸쓸함을 몰고 오는 것을

모른 척하기에는

이미 내 상처가 너무 깊다.

한 세월 티 없이 마음을 나눈 사람들은

다 떠났느냐?

누구나 지극한 믿음이 없이는

어느 작은 사랑도 이루지 못한다.

　　　　　　　　　—「마른 잎 혼자 밟으며」 중에서

　양성우 시인이 지난 몇 년 사이에 겪은 실의와 고뇌에 대해서 나는 알고 있는 것이 별로 없다. 이제까지 그는 나에게 자기의 깊은 속내를 말한 적이 없었고, 나 또한 그전같이 바깥출입을 자주 하는 편이 아니므로 그에게 관심을 둘 시간이 없었다. 그럼에도 앞에서 든 시의 마지막 3행에서 "여기 이른 산그늘 진 깊은 숲속 / 마른 잎 혼자 밟으며 / 나는 안으로 하염없이 새처럼 운다"는 구절을 발견했을 때 가슴이 찡하게 아려오는 슬픔을 느꼈다. 그를 이토록 상처 입히고 슬프게 만든 것이 무엇일까?

양성우는 서정시인이다. 그것도 후천적인 노력에 의해서가 아니라 천성의 서정시인이다. 그 누가 "시인은 만들어지는 것이 아니라 태어난다"고 했을 때 어쩌면 이 말은 양성우 시인을 두고 한 말인지도 모르겠다.

그의 시적 연원은 고려 중엽의 시인 정과정과 조선 중기의 시인 정송강에게서 찾아볼 수 있을 것 같다. 두 사람 모두 한때 정치적 좌절을 겪은 후에 인구에 회자되는 아름다운 시를 써서 남긴 사람이고, 붓을 잡으면 다시 고치지 않아도 될 만한 빼어난 글재주를 가지고 있었다는 점에서도 유사하다. 이번 시집에서 필자의 눈을 강하게 끈 다음과 같은 작품에서도 그와 같은 천의무봉한 솜씨를 엿볼 수 있었다.

마음이 고운 이가 오는가보다.
작은 새 대숲에 울고
앞뜰에 매화꽃 봉오리 머무니,
새순같이 티 없고 여린 이가
오는가보다.
낮은 흙산 저 외진 비탈을 지나

여울을 건너서
눈부신 햇살을 앞세우고
그 넋이 맑은 이가 오는가보다.
눈물로 밤을 지새본 사람은
알지.
빈 나뭇가지 흔드는 바람에도
얼굴이 붉어지니,
가슴이 따뜻한 이가 오는가보다.

　　　　　　　　　　—「매화의 추억」 전문

　이제 비로소 인생의 늦은 햇살이 비치는 앞뜰에 서
서 시인은 매화꽃 봉오리를 바라보며 누군가를 기다리
고 있다. 그것은 "새순같이 티 없고 여린 이"요, "눈부
신 햇살을 앞세우고" 오는 "그 넋이 맑은 이"다. 그러
고 보니 이번 시집에 유난히 희망과 사랑을 노래한 시
가 많이 보인다.

　　흔히 누구에게나 깊은 상처가 있고,
　　그것이 때로는 누르지 못할 아픔으로
　　되살아나기도 하지만,

네 것에 견준다면 아무것도 아닌 것을.

—「어느 새벽길」 중에서

잊지 마라. 물 밑에 물이 흐르고,
이미 흔적도 없이 아득히 사라진 꿈 뒤에도
또다른 꿈들이 따라오는 것을.

—「동막리 일출」 중에서

세상이 아무리 모질고 거칠다고 하여도
한순간의 입맞춤이 벽을 허물고
두꺼운 얼음을 녹인다.
사랑이 어찌 몸 하나만의 일이냐?

—「길 위의 사랑」 중에서

제일 앞의 것은 상처 입은 고통을 참고 견디면서 감
싸안는 인고(忍苦)의 사랑이고, 중간 것은 꿈이 사라진
뒤에도 또다른 꿈이 따라오는 희망을 노래한 것이다.
그리고 뒤의 것은 마침내 세상이 아무리 거칠고 험해
도 "한순간의 입맞춤이 벽을 허물고/두꺼운 얼음을
녹인다"는 확신을 노래한 시다.

이번 시집에는 또 그 동안 양성우 시인이 마른 잎 밟고 혼자서 찾아다닌 이 나라의 수많은 지명들이 보인다. 만리포, 도솔암, 신삼리, 반구정, 선운사, 대포항, 구룡사, 소래포구 등, 이 나라 방방곡곡 그의 발길이 닿지 않은 데가 없을 정도다.

이것은 어쩌면 아픈 상처를 아물게 하고자 찾아나선 순례의 길인 것 같은데, 거기서도 그는 어둠 뒤에 올 사랑과 희망을 찾고자 했다. 그중에서 한 편, 경기도 파주에 있는 반구정(伴鷗亭)에 올라가 조선 세종 때의 청백리 황희를 추모하며 읊은 시를 읽어보자.

이른 봄날 반구정에 오르다.
옛 정승 황희가 빈손으로 돌아와
물새들과 놀던 곳,
아직도 잔물결 반짝이며 흐르는
강 언덕에 서서
벼슬 높은 도둑들로 어지러운
이 시절을 한탄한다.
차라리 하루 세 끼니 거칠고
비 새는 초가지붕 찬 구들일망정

늘 스스로 만족하던 그.
수백 년이 지나도 변하지 않는
티 없는 이름 앞에 옷깃을 여미며,
힘 가진 큰 도둑들로 인하여
기우는 이 나라를 근심한다.
　　　　　　　　　　　—「반구정에 올라」전문

　이제 더 할말이 무엇인가. 오늘의 일그러지고 어지
러운 세상을 바라보는 시인의 눈은 지금도 빠르고 적
확하다. 그래도 한 시대를 같이 살아온 지우로서 그에
게 바라고 싶은 것이 있다면 세상을 바라보는 눈과 더
불어 양성우 시인이 지난날에 겪은 불운과 아픔을 거
울 삼아 좀더 넉넉한 심성을 가져주었으면 하는 것이
다. 그리고 이것은 어느덧 이순(耳順)의 나이를 맞이한
시인에게도 잘 어울리는 일일 것 같다.

　당신의 옛집이 서 있는 낮은 들,
　지천으로 핀 사과꽃이 희다.
　한때는 죄도 없이 갇히고 떠밀렸지만
　한 그루 큰 소나무같이 언제나

홀로 곧고,

죽어서도 깨끗한 이름을 남긴 이.

천 자루 당신의 붓끝은

당신만의 날 선 칼날이었을까?

—「추사 옛집에서」 중에서

물고기 한마리

ⓒ 양성우 2003

초판인쇄	2003년 7월 12일
초판발행	2003년 7월 21일

지 은 이	양성우
책임편집	차창룡 조연주
펴 낸 이	강병선
펴 낸 곳	(주)문학동네
출판등록	1993년 10월 22일 제22-188호

주 소	136-034 서울시 성북구 동소문동4가 260번지 동소문빌딩 6층
전자우편	editor@munhak.com
전화번호	927-6790~5, 927-6751~2
팩 스	927-6753

ISBN 89-8281-704-2 02810

www.munhak.com